U0074233

微笑天使

兩位小男孩的生命火花

廖文毅／著

自序

在教書將近二十年的漫長歲月裡，常碰到身心特殊的孩子，他們偶爾因為父母親的堅持，不願意到特殊教育班就讀，寧願轉學到普通班，理由很簡單，擔心近朱者赤，近墨者黑，覺得到特殊教育班讀書，會讓他們的孩子智商降低，或被左鄰右舍貼上標籤。其實當他們有這種想法的時候，自己已經為這個孩子貼上標籤了！

特殊孩子都是上天賜予的小天使，不只是磨練他們自己而已，也是磨練父母親與師長們，這是成長的必要歷程。「不要放棄」，是對每一個生命體的尊重。所以說穿了，這些小天使都是老天爺派來彌補我們人格缺陷的最佳人選！

現在的孩子並不會歧視特殊孩子，透過教育更能讓一般孩子認識，以及對特殊孩子具備同理心，我們都希望帶給特殊孩子們最好的教育環境與教學師資，本書創作的起心動念，就是希望大家看到他們特殊才

能的那一面，而不是身心缺陷的這一面。能與特殊孩子結緣，其實也是上天的考驗，希望本書能帶給廣大讀者另一種思考的面相，那群有許多地方值得我們學習的小天使。

每一個人都是獨特的，每一個人也都是特殊的，願大家的目光永遠聚焦在每一個人的優點，包容每一個人的缺點，互相尊重，相互學習，讓每一個生命都充滿圓滿的祝福。

微笑天使

c.o.n.t.e.n.t.s

目錄

劇情簡介

在高雄市鳳山區，有一所以推廣美學教育聞名的國小五年級教室裡，出現了兩位繪畫高手，男生是班長何英偉，女生是學藝股長王曉菁，兩個人都是品學兼優的好學生，也都是從小開始學習畫畫的優秀人才。

在一次學校舉辦的繪畫比賽裡，班上出現了另一位身分特殊的繪畫高手，是不按牌理出牌，患有輕度智能障礙的陳正倫，畫出了充滿爭議性的圖畫作品，真的能夠被正統的美學教育體系所接受嗎？

一位是家境富裕，資賦優異，全能發展，個性酷酷又冷冷，對人總是不搭不理的阿偉；遇到生活在另一個世界，家境貧窮，智能不足，只會畫畫，但個性純樸天真，逢人總是面帶傻笑的阿倫，二個人又會擦出什麼生命的火花呢？

班長何英偉從對他排擠、好奇，到發現他的淒涼身世，再到最後失去這位特別的朋友，阿偉如何面對自己的心理轉折？而命運總是坎坷不斷的阿倫，上天

又如何為他安排未來的人生呢？

這篇感人的故事，將帶領你我進入他們兩人的內心世界，一窺究竟。

人物介紹

校　　長：秉持『五育並重，美育優先』的教育理念，推展全校的美學教育，成果豐碩。

家長會長：何英偉的父親，為人熱心公益，在學校裡擔任新一屆的家長會長。

劉 春 生：五年孝班導師，年約四十多歲，胖胖的身材，微凸的肚子，戴了副黑框眼鏡，穿著

一雙會發出響亮「踢～踏～踢～踏～」聲的皮鞋。

何英偉：綽號「阿偉」，五年孝班班長。資賦優異，全能發展，尤其繪畫表現更是優異。個性酷酷又冷冷，對人總是不搭不理。對新轉學的陳正倫同學充滿好奇心，阿倫像個謎，磁鐵般緊緊吸引住阿偉的目光。

王曉菁：五年孝班學藝股長，長相甜美，個性溫婉可人，頭上髻了兩個小辮子。成績優異，特別喜歡繪畫，從小開始學畫，在正規教育體系裡，是何英偉的繪畫伙伴兼勁敵。

陳正倫：綽號「阿倫」，爺爺說他小時候發燒燒壞了頭，經鑑定為「輕度智能障礙」。個性純樸天真，逢人總是面帶傻笑。語文表達能力不佳，常以招牌微笑化解尷尬氣氛。對繪畫情有獨鍾，有極高的天份。

郭明雄：阿偉五年孝班的同班同學，是位性急的大嘴巴。

董建平：阿偉五年孝班的同班同學，平日最喜歡打小報告。

阿倫爺爺：滿頭花白銀絲，近來因為年邁工作而摔斷了腿，家裡生活陷入困境。

阿倫奶奶：年紀老邁，雙眼失明，終年臥病在床，靠阿倫從學校帶回家的營養午餐裹腹。

紅衣女子：身穿紅色洋裝，長髮飄逸的神祕女子，曾出現在阿倫的雄偉壁畫裡，卻是五官模糊的面貌。

微笑天使

一、新學期新氣象

「噹……噹……噹……」

上課的鐘聲響徹雲霄，喚醒了小朋友們的注意力，卻還喚不回小朋友們的心。

這是開學的第一個鐘聲，也是揮別漫漫暑假的告別鈴。

大家拖著不屬於早晨該有的步伐，「慢——慢——」走回教室。

心中還沉醉在打球、遊戲、嬉鬧等下課情境，不想誠實面對，升上來屬於五年級的大變動。

這是間座落於高雄市鳳山區近郊的小學，全校只

有18班，是所林木蒼翠、綠草如茵的美麗小學校。學校乾淨整齊，遠遠望去，反倒像是一座綠意盎然的小公園。

不過地點鄰近市區，學區內許多學子都轉往明星學校就讀，校園裡並不擁擠，反而有一股清爽幽靜的感覺。

四年級升上五年級，學制牽連許多新變動，「新同學」、「新教室」、「新老師」，牽動「新情緒」。

五年孝班的教室反常的安靜，靜得有些出奇。

歷經重新編班後，除了同學彼此間有些陌生以外，大家屏息迎接的是新老師的到來。

一名年約四十多歲的中年男子，胖胖的身材，微凸的肚子，臉上戴了副黑框眼鏡，緩緩朝教室走了過來。

他手裡捧著一大疊學生基本資料，腳下踩著「踢～踢～踏～踏～」的皮鞋聲，旋律規則而整齊。

「老師來了，是個男的，身材胖胖的，大家快看！」

郭明雄是位性急的大嘴巴，朝窗外探頭探腦後，

呼嚷呼嚷地大叫起來。

「哪裡？哪裡？」

旁邊的阿偉管不住好奇心，有樣學樣，半蹲著身體，正想從窗戶探頭出去，已經來不及！

老師從容走進教室，瞥見阿偉類似半蹲的怪樣姿勢，微微一笑。

「老師剛來，又沒處罰你半蹲，用不著這麼主動嘛！」

老師幽默的話語一出，全班哄堂大笑，化解了尷尬的僵直氣氛。

「老師先做自我介紹好了，敝姓劉名春生，這學期剛剛調來本校服務……」

劉老師的語調誠懇而堅定，給人一種安心的感覺，不像以前初次見面的那些老師們，一開始就那麼咄咄逼人，彷彿一座座難以靠近的冰山。

「……明天就換大家自我介紹，把自己介紹給全班新的同學認識，這是我們第一次見面的回家作業，記得好好準備喔！」

隔天一大清早，原本鬧哄哄的教室，老師一走進來，立刻變得鴉雀無聲，只剩下窗外啾啾的鳥叫聲。

就在大家屁股上的座位還沒坐熱，老師已經宣告了今天的上課流程。

「由於老師對大家還不是很熟，所以第一節課先請各位做簡單的自我介紹，第二節課再選出各股負責幹部，並且做好座位的分配，我們的時間寶貴，請……」

老師的話還沒說完，一名瘸腿的老爺爺，頂著一頭花白的銀絲，拉著一位外表靦腆，卻總是面帶微笑的小朋友，往教室這邊走了進來。

老爺爺向老師頷首連連，態度十分恭敬，又朝老師低聲囑託了幾句，才放心似的離開學校。

「大家先以熱烈的掌聲，歡迎這位新轉學過來的同學，待會兒再請他為我們做自我介紹，你先找位子坐下好了。」

老師拉著他的手，東尋西找，來到正好一個人獨坐，還有一個空位的阿偉身邊，示意他趕緊坐下。

阿偉打從一開始就有一股不祥的預兆，果然應驗了不幸的傳說。

「難怪一大清早眼皮就不乖的一閃一跳，唉！劫數難逃。」

阿偉不禁皺起眉頭，斜眼看著這位不速之客。

新同學非常瘦弱，好像一根脫水的竹竿。

身穿一件布袋似的寬大衣服，把整個人包在裡面，衣服上還縫了好幾個補釘。

他的領口、袖子，都堆滿了厚厚一層油漬，幾乎可以擰出油來。

特別是那張好像幾天沒洗的臉，跟木炭一樣黝黑。

從黑木炭裡綻放出傻裡傻氣的笑容，還露出一顆斷了半截的門牙。

一向有潔癖的阿偉，實在看不下去，小嘴一嘟，立刻擺出一副拒人於千里之外的樣貌。

時間像轉盤一般，一次一格，一位同學接著一位同學，好不容易輪到阿偉做自我介紹。

他果決地「霍」的一聲站了起來。

此刻的阿偉，眼神裡充滿自信，先朝全班左右來回掃視一番，接著用近乎發表演講的方式發言。

「老師，各位同學大家好，我叫何英偉，今年11歲，家住鳳山區，目前跟爸爸、媽媽及阿嬤住在一起。」

「我喜歡打球、游泳、賽跑，也喜歡閱讀、說

故事及畫畫，我從一年級到四年級，每學期都有當幹部，希望五年級大家可以支持我當班長，我一定會加倍努力為各位服務，謝謝大家。」

阿偉禮貌性地向全班深深一鞠躬，然後從容不迫地坐下，言談之間，竟然拉起當班長的票來。

劉老師莞爾一笑，對著卷宗上滿滿的讚美詞語，好像潮水般一波波湧了上來。

劉老師內心有譜，繼續請下一位，也說是坐在阿偉身邊，這位新轉學過來的同學做自我介紹。

「陳正倫，請做一下簡單的自我介紹。」

「……我……我叫陳……正……倫……」

阿倫以一種近乎蚊子飛翔的聲音，含糊地說出了自己的名字。

老師用力地側耳傾聽，還是聽不明白，於是請坐在他隔壁的阿偉同學代為轉述。

「英偉，正倫說什麼呢？太小聲了，大家都聽不清楚，你坐他旁邊，就請你代為轉述一遍好嗎？」

阿偉顯出一副不情不願的樣子。

「老師，他也沒說什麼，只說他叫『陳正倫』，下面就沒有了。」

「喔，原來如此！」

劉老師皺著眉頭，看著滿是紅字的成績資料，紅字彷佛千萬隻紅色兔子，在他的眼前不斷跳動。

跳啊～跳啊～跳啊～

突然跳出幾字藍色的評語：「天資弩鈍，沉默文靜。」

老師看到這裡，心下才稍稍鬆了口氣。

「天資弩鈍」屬於智力問題，先天不足，後天還可慢慢補救。

「沉默文靜」屬於個性問題，成績不理想沒關係，至少不要成為班上的問題人物才好。

等全班同學一一自我介紹完畢，也選完班級幹部，阿偉成績優異，各方面表現都很亮眼，眾望所歸，順利榮膺班長一職。

阿偉正暗自竊喜的時候，不幸又傳來晴天霹靂。

「英偉的成績好，能力佳，品行端正，足為全班楷模，這是多年來各位老師對他的評價，相信老師也不會看錯人。」

劉老師褒獎完後，話鋒一轉。

「如今又選上班長，實至名歸。老師希望他能

發揮『母雞帶小雞』的實際作用，輔導班上成績比較落後的正倫同學。老師就安排你們兩人坐在一起，英偉，我應該說班長，你覺得如何？」

「老師，我……當然沒問題囉！」

縱使心中千萬個不願意，但剛上任為班長的他，是不能忤逆老師的意思，阿偉只好強忍住，暫時答應下來。

阿偉忍不住再度側眼掃視，鄰座這位衣衫襤褸，笑容靦腆的新同學阿倫，與自己衣裝筆挺，神采飛揚的樣子相比，簡直有天壤之別………

時間像個百變魔術師，開學前無聲無息而來，讓人措手不及。

時間又像個調皮的小孩，開學後又蹦蹦跳跳離去，讓人追趕莫及。

算算日子，已經過了一個月了，大家很快都適應了新同學、新教室，以及新老師。

二、老師，我的筆不見了

「老師，陳正倫偷拿我的筆！」

這已經是今天第五次的告狀了！

劉老師皺了皺眉頭，開學不過才一個多月而已，班上怎麼就發生偷竊事件了！

「正倫，偷竊是不對的行為，你怎麼可以偷人家的筆呢？」

劉老師本來想要開口就這麼訓示，但對逢人只會傻笑應對的學生阿倫，劉老師心念一轉，換個方式問話好了。

「正倫，小朋友反應你『拿』了人家的東西，為了證明你的清白，老師可以看一下你的鉛筆盒，給大家確定一下好嗎？」

原該在膽戰心驚下，擠出哭喪笑臉，此刻只是稍稍轉為略帶慌張的僵硬笑臉。

阿倫的反應讓劉老師心下略為寬慰，深怕「嚇」著了他！

看著阿倫配合的拿出鉛筆盒，當著大家的面打開一看……

「哇～噻～……」聲此起彼落。

小小的鉛筆盒裡，擠滿了各式各樣的筆，有鉛筆、原子筆、彩色筆、色鉛筆與蠟筆……等等，琳琅滿目，色彩繽紛，好像一個炫目的萬花筒！

劉老師心下疑惑，照理想偷東西的人，一定會偷自己迫切需要，或是價值比較高的文具用品。

怎麼阿倫的鉛筆盒裡裝的東西，竟然大都像資源回收廠裡的廢棄回收物呢？

「正倫，告訴老師，這些筆都是哪裡來的？」

「……」

劉老師突然想到阿倫的表達能力不佳。

由於先天智商低落的關係，輔導記錄簿上面記載的是「輕度智能障礙」。

原本應該到特殊教育班就讀的阿倫，卻被硬生生塞到普通班，讓劉老師回想起跟阿倫的家長，曾經有過一段不太愉快的溝通經驗。

「陳爺爺您好，可以借我幾分鐘，跟您溝通一下好嗎？」

載阿倫來上學的老爺爺被老師叫住了。

老師本來想打電話與阿倫的家長進行溝通，無奈阿倫的聯絡簿上的電話欄卻是空白的！

「老師，是不是倫仔在學校不乖呢？沒關係，他不乖就打他，在家裡只要看到棍子，他就不敢調皮了！」

「陳爺爺，您誤會了，不是正倫不乖，他在學校很……安靜，不會搗蛋，所以這方面您請放心。」

老師先安撫住陳爺爺的心以後，接著說。

「不過……他的學業成績明顯跟不上班上同學的進度，我看過輔導資料，他是領有殘障手冊的特殊小朋友，學校輔導室也認為，為了他的學力成績著想，應該早點送他到特教班就讀！」

「老師，我明白你的意思……」

陳爺爺從原本想要騎走的摩托車上面緩緩下來，將笨重的車子固定以後，語重心長地回答。

「我們家的倫仔頭腦不好，是小時候發燒燒壞的，不是遺傳的！」

陳爺爺拍了拍身上的灰塵接著說。

「街坊鄰居都說他腦筋阿達阿達的，如果再把他轉學到特教班，跟那些腦筋也阿達阿達的同學整天混在一起，不就一輩子都會變得阿達阿達的嗎？」

陳爺爺說出心裡真正的想法。

「所以我絕對不贊成他念什麼特教班，麻煩老師多費點心，幫幫我們家倫仔的忙，他很乖，不會隨便搗蛋的！」

陳爺爺語氣堅定的下最後結論。

「陳爺爺，行為標準與學業成績是兩回事，正倫很乖，不會搗蛋我同意，不過……」

劉老師發覺陳爺爺似乎拒絕溝通，只好用分析事理的方式娓娓道來。

「我們普通班上課有教學進度的壓力，這幾天我仔細檢查過正倫的功課，發現他在國語科作業只會仿寫，造詞或造句完全不會，更不用說未來還要寫作文

呢！」

老師繼續舉其他學科為例。

「至於數學科作業簿全部都是空白頁，如果只是拿同學的作業本給他抄襲，那只是應付交作業而已，遇到考試的時候，成績一定會不及格的。」

老師陳述完意見後，最後進行心裡喊話。

「其他學科的老師也向我反應，正倫常常因為聽不懂而發呆，這樣的學習完全沒有效果！其實特教班有專業老師，依據個人程度製定課程進度，反而對正倫有實質的幫助呢！」

「老師，不管怎麼說，倫仔在家裡已經被人家指指點點了，我不想連上學後也被別人指指點點，您的好意我心領了，倫仔就麻煩您多照顧了，成績好不好我不在乎，只要行為不要造成老師的困擾就好了！不好意思，我還得趕回去撿字紙呢！」

陳爺爺似乎不想在這個話題上多討論，急著要走！

「可是未來……」

沒等老師說完，隨著陳爺爺老舊摩托車的「呼～呼～」喘息聲漸行漸遠……

劉老師無奈的聳聳肩，結束了這一次不算太愉快

的親師溝通！

劉老師回過神來，心想現在既然阿倫無法用言語溝通表達，那就用點頭或搖頭來代替吧！

「那好，正倫，老師問你，你有沒有從別人的鉛筆盒裡拿走不該拿的東西？」

劉老師打從一開始就一直強調「拿」，而不是「偷」，以避免先被貼上當小偷的標籤，到時候就難以撕下了。

況且老師認為，才小學生而已，即使是不該拿而拿，也應該還有悔過的轉圜餘地。

阿倫似乎聽得懂，輕輕搖了搖頭。

「嗯！」

劉老師滿意的點了點頭，至少先澄清阿倫沒有「偷」東西。

「那……老師再問你，那些筆是你『撿』來的，是不是？」

劉老師突然想到當日與阿倫爺爺溝通的時候，他臨走前的那句話──「我還得趕回去撿字紙呢！」

劉老師腦筋靈光一閃，才有此天外一問。

「是！」

這回劉老師終於得到阿倫肯定的回應，也放下了心裡的大石頭。

可能爺爺是從事資源回收的工作，已經十一歲的阿倫，放學後肯定會幫忙的，所以「撿」字就成了破案關鍵。

「那……你是從人家的筆盒裡面撿來的？」

阿倫搖搖頭。

「從人家的桌子上面撿來的？」

阿倫又搖搖頭。

「從人家的地上撿來的？」

劉老師所要的答案呼之欲出，別人掉在地上，或丟掉不要的筆，都成了他的收藏品。

這下「偷竊事件」終於水落石出了！

老師趁機對全班——「機會教育」。

「各位同學，這次的事件我們已經調查清楚，這是任何人都可能會犯下的小錯誤，就是把撿到的東西佔為己有。」

「在班上撿到東西，要放在班上的失物招領區；在校園裡撿到東西，要送到學務處；在校外撿到東西，則要送到當地警察局。」

「法律上有一條罪叫做『侵佔罪』，就是要防止有人故意把別人遺失的東西佔為己有，所以日後撿到東西，可不能隨便放進自己的口袋，當成自己的收藏品喔！」

劉老師故意用開玩笑的口吻結尾，以提高學生的專注力。

等學生提問完相關問題以後，劉老師請阿倫將撿來的筆，全部歸還給大家。

但是出乎劉老師意料之外，當下遺失的同學都表示不要了，即使是沒用過幾次的新鉛筆，或者是造型特殊的珍貴筆！

劉老師一頭霧水，繼續追查下去，才發現事態真的嚴重了！

「老師，正倫放在鉛筆盒裡的東西我們都不要了！」

「他的手好像都沒洗，拿過的東西我不敢要了！」

「他身上老是有股怪味，碰過的東西就送給他吧！」

一字一字充滿歧視的字眼，深深刺痛劉老師曾經受過傷的心！

劉老師霎時回憶起自己小時候，也是因為家境不好，被別人取笑的不愉快經驗。

雖然後來自己發憤圖強，好不容易考上教師一職，當起自己最喜歡的教職，如今自己帶的班級，竟然又要舊事重演呢！

「各位同學，老師很難過聽到你們剛才說過的話！」

「俗話說：『好話』就像一朵朵蓮花，人見人愛；『壞話』就像一隻隻毒蛇，人見人怕。」

「正倫因為家境不好，智商又不及各位，大家沒幫他就算了，還說出這種種傷人的話。」

「試想誰願意家裡貧窮，誰又願意智商低落，老天爺已經對他不公平了，難道我們還要加油添醋嗎？」

劉老師顫抖的身體，激動的語調，一句又一句震撼住全班同學的心。

全班同學這才驚覺到，原來自己在無意之間，竟然已經用「言語」霸凌了同學。

「老師，如果正倫同學有需要的話，我可以把自

己的鉛筆借給他！」

曉菁第一個舉手發言，梳理整齊的馬尾，隨著手勢在空中晃動，就像是天使背後的溫暖光環。

「正倫，你要彩色筆的話，儘管向我開口……」

「我也是……」

「我……」

「……」

此起彼落的溫情回應聲，讓劉老師的心窩好甜好甜，感動得幾乎掉下眼淚！

聽到同學們你一言，我一語的貼心話，劉老師現在的感覺，彷彿從地獄重新飛回天堂。

「教育」——不就是應該這樣子嗎？

「老師，只要正倫同學有不會的功課，我也願意在下課特別留下來教他！」

不知道是受到同學的慈悲心腸感染，還是突然哪根筋短路了，班長阿偉居然主動提出，平常連自己都難以置信的話！

家境富裕又個性驕傲的阿偉，已經開始對隔壁鄰座，這位生活在同一個地區，卻是完全不同世界的同學，感到有些好奇呢！

三、繪畫比賽正式起跑

「請大家坐好，老師有一件重要事情要宣佈……」

老師踩著「踢〜踏〜踢〜踏〜」的招牌皮鞋聲，行色匆匆地走進教室。

菜市場般的班上，突然一片寂靜，大家屏氣凝神，等候老師宣布重大訊息。

「一個月後學校要舉辦全校性繪畫比賽，這是由林故校長成立的基金會所主辦，每二年舉行一次。」

「獎勵除了會頒發獎狀、獎品以外，還有高額獎學金，主要目的是提倡美學教育，並發掘校內有繪畫天份的同學。」

「入圍者可以代表學校參加高雄市賽，甚至全國性比賽。」

「所以老師今天放學前會每人發一張圖畫紙，請你們利用這個例假日好好畫，老師會從當中選出兩位代表本班出賽的同學。」

「我知道我們班上人才濟濟，有人甚至在放學後還在學習畫畫技巧，希望你們能夠把握這次難得的機會，為自己、班上，甚至學校爭光。」

劉老師的一席話鏗鏘有力，激勵著全班每個人的心。

老師請學藝股長王曉菁幫忙，立刻將圖畫紙發下去給每位同學。

王曉菁，是位長相甜美，個性溫婉可人的小女生，今天頭上髻了兩個小辮子。

曉菁成績優異，特別喜歡繪畫，與班長阿偉一樣，都是從一年級開始，就在校外上繪畫才藝班，屢屢表現傑出，獲獎無數，頗受師長稱許。

曉菁人緣也非常好，熱於助人，只是不善於表現自己，班長選舉只差了一票，就自願當學藝股長。

因此她是班上比賽出線的熱門人選，甚至是校內比賽，與班長阿偉同屬有機會奪魁的兩顆恆星。

周休二日假期結束後，第二天上美勞課。

劉老師的招牌皮鞋聲再度響起。

劉老師的手上拿了三張圖畫紙。

兩張背面純白潔淨，好像兩匹天使般的白絹；另一張則污黑不堪，還沾有些許砂粒，就好像一匹魔鬼般的髒地毯。

那兩張背面純白潔淨的圖畫紙，自然就是班長阿偉，以及學藝股長曉菁的作品，全班同學人人都透露出期待的眼神，想一窺究竟。

沒畫之前，全班小朋友也都心知肚明，代表五年孝班參加繪畫比賽的最佳人選，必是這對班內畫壇上的金童玉女。

但令人費解的是，老師怎麼會拿來三張圖畫紙呢？那外表髒兮兮的第三張圖畫紙，究竟是即將入圍的勝利作品，還是會被老師處罰的失敗畫作呢？

老師銳利的目光橫掃全班而過，眼鏡反射的光芒說明了一切。

「這次班內的畫畫初賽，同學們大致都畫得很好，這點我要先肯定大家。不過依照學校規定，我們還是只能選出兩名最優秀的選手，來參加校內比賽。」

「只是老師思考了很久，內心很難下決定，也很納悶。」

「難下決定的是，共有三名同學都有超年齡、超水準的表現，都有入圍校內比賽的實力。」

「但老師納悶的是……是……這等我先問清楚以後再說吧！」

全班同學從剛開始的一頭霧水，到現在突然一片

「嘩然」一聲音響徹雲霄。

班上除了班長阿偉以及學藝股長曉菁二人以外，居然還有人能與他們兩位高手一較高下。

這號神祕人物到底是誰呢？

從老師吞吐的談話，詭異的舉止看來，答案必是出乎眾人意料之外的選項。

老師不慌不忙拿出其中的兩張圖畫紙，小心翼翼將它們貼在黑板上。

畫紙像浪花拍打在沙灘上，逐漸弭平畫面的同時，映入大家眼簾的，是兩幅畫風截然不同風味的畫作。

最左邊的畫作，是阿偉的水彩風景畫——「夕陽餘輝」。

一輪金黃色夕陽，正要沉入遠方的海平面，臨別秋波裡投射出萬丈的金色光芒，把海水染紅了，也把雲層染紅了。

在金光閃耀的海面上，波浪如階梯般撲向海岸，潤濕每雙流連不去的遊客雙足。

紅光燦爛的雲霓，提醒幾隻歸巢的倦鳥，該是回家的時候了。

整幅畫作，將夕陽的魅力表露無遺，意境從寫生到寫意，從感官的滿足到精神的喜悅，多棒的一幅畫呀！

劉老師一邊欣賞，還一邊做出點頭連連的動作，肯定的表情不在話下。

而右邊這幅畫作，是曉菁所畫的鉛筆靜物素描——「微笑的花朵」。

將花籃裡的百合花、玫瑰花、向日葵、滿天星……等等嬌艷綻放的花朵，透過光影的變化、明暗的對比、濃淡的搭配，讓每朵花都活了過來，成為擁有生命的整體。

不僅花朵真的笑了，連觀賞的人也會內心充滿喜悅，不自禁發出會心一笑，是一幅已經有國中程度的優秀作品。

平心而論，阿偉的畫作以「感情」取勝；而曉菁的畫作以「技巧」取勝。

兩者程度在伯仲之間，都是高水準的傑作。

兩幅貼在黑板上的畫作，彷彿兩場大螢幕電影，令在場同學看得目瞪口呆。

全班同學不約而同地摒住氣息，細細欣賞，深怕一個大呼氣，就會把這兩幅價值無比的畫作給吹掉了！

最後一幅，也是最神祕的一幅畫作，老師將它拿了過來。

作品還沒有攤開以前，已經有同學在私底下議論紛紛……

討論聲此起彼落，因為跟黑板上這兩幅畫相比較，單就外觀而言，顯然已經遜色不少。

原因很簡單，它犯了畫圖者最基本的大忌——沒有保持圖畫紙本身的清潔。

老師用略為顫抖的手，將它高高掛了起來。

受抖動的圖畫紙張，在高掛的過程裡，竟然同時落下不少細細的砂粒。

讓幾個頑皮的同學，差點「噗嗤」笑了出來，耳語調侃，或許是一幅「砂畫」也說不定！

嘻鬧之間，老師把畫作完整攤開……

全班突然「嘩！」的一聲，像夏天突起的雷聲，瞬間出現，又瞬間消失。

響雷過後，全班突然變得鴉雀無聲，這竟然是一幅以「廟宇」為主題的蠟筆畫作。

用蠟筆的粗獷、穩重、厚度，將整間廟，不論斗拱、飛簷、龍柱、廟壁、金亭，乃至於交趾燒等立體雕飾，都表現的栩栩如生。

大膽的運筆，小心的勾勒，完美的比例，金壁輝煌的真實感覺，都是為它留下的最佳評語。

不只如此，作者又在廟的旁邊，畫了一間小住屋，住屋依廟形順勢而建，一副簡陋破敗的模樣，與緊鄰金壁輝煌的廟宇相較，恰成強烈對比。

而作者在這裡採用「透視技法」。

將屋內老人臥床低眠，小孩提筆作畫，甚至小狗的活潑神態，透過傳神的筆觸，細緻的描繪，將情意表現的淋漓盡致。

難怪老師似有難言之隱，原來這最後一幅畫，竟是出奇的妙，絕對不會比前兩幅作品遜色半分。

只是……這幅神祕的畫，竟然連最基本的「標題」及「作者」都沒有出現！

「這幅畫，到底是誰畫的呢？」

老師突然以尋問犯人的語氣，對著全班開口問話，大家似乎都成了罪犯一般，全低著頭，縮著脖子，好像默默告訴老師——「不是我」！

「噢！對不起，老師沒有惡意！」

劉老師發覺問話方式不恰當，趕緊換個方式繼續問。

「因為這幅畫實在畫得太好了，已經超越小朋友的能力範圍，老師才會懷疑，是不是請大人代筆！沒關係，承認的話老師絕對不會處罰，老師只是想求證一下而已。」

眾人你看我，我看你，還是一片緘默。

良久……良久……終於有人打破沉默。

阿倫搖頭晃腦，一副不好意思地從座位上站了起來，對著老師一直傻笑。

「正倫，你是不是要上廁所？」

老師沒放在心上，順口而問。

「……」

阿倫以純樸的笑臉回應。

「是不是想喝水？」

「……」

阿倫還是以純樸的笑臉回應。

「英偉，你幫我問一下他有什麼事？」

老師正心急找不到答案，內心著磨接下來應該如何誘導，對阿倫的打斷行為，開始顯得有些不耐煩。

阿偉奉命行事，也想早些知道答案的他，心不甘情不願的，轉身尋問身邊的同學阿倫。

哪知從他缺了半截門牙，說話有些漏風的嘴裡，竟然吐出連自己作夢也想不到的幾個字：「那……那是我畫的！」

「老師，阿倫說那是他畫的！」

「啊?!」

全班聽說，猶如遭遇晴天霹靂一般，頃刻一片嘩然巨響，差點掀掉屋頂！

在老師的心目中，班上任何人都可能畫這張畫，

唯獨阿倫不可能，所以早就將他排除在外。

心中早有幾位口袋人選，今天只為了求證，如今竟然意外爆出冷門！

這畫，會是智能不足，逢人只會傻笑的阿倫畫的嗎？

劉老師投以疑惑的眼神，重新全身上下檢視一遍阿倫同學。

當他知道這位患有「輕度智能障礙」的學生要轉來班上，心下早有定數，已經盡量讓小朋友們不要嘲笑、捉弄他。

還好阿倫常以招牌微笑，化解許多不必要的糾紛，同學們也都不會看不起，或者欺負他，反而會護著他，盡量幫助他，所以阿倫在班上早被大家歸類是乖小孩。

但什麼都不懂，都不會的他，會是擁有這種高超繪畫技巧的實際創作者嗎？

不過劉老師又反向思考，「人不可貌相」，以這種髒兮兮的版面，以及樸實而且渾然天成的畫法，可以證明不是受過制式教育培養的人所能畫得出來的，必是天賦所及，與生俱來的。

劉老師再次掃視到阿倫的臉，從他天真無邪的笑靨裡，似乎還是難以斷定真偽。

「那好，正倫，老師問你，這畫是你自己畫的嗎？」

「……」

阿倫以點頭回應。

「那標題叫什麼？」

「……家……」

「英偉，他說什麼？」

「老師，他說『家』！」

「家?!」

老師再度陷入深度沉思……

因為左看右看，主題都應該是「廟」才對，怎麼會是「家」呢？

或許阿倫主要是想描述廟旁的那戶窮苦人家，不過這又犯了畫圖的另一項大忌──「主從不分」，就是過份強調從體（廟）而忽略了主體（家），彰顯不出主題意象，就有扣分的危險。

「好，既然是正倫畫的，那老師仍然會公平裁決。英偉及曉菁的畫只有小問題，我私下再告訴他們。」

「至於正倫的畫，雖然非常棒，但有幾項嚴重缺失：第一，沒有註明標題；第二，沒有表現出主題；第三，版面弄得太髒了。基於以上三點，老師只好請正倫下次有機會再代表本班出賽囉！」

「鑑於學校規定一班只能推選出兩名參賽者，本班就由英偉及曉菁代表出賽。但是老師還是會為正倫爭取看看，有沒有破例入圍的機會。好了，正倫，你請坐下！」

阿倫似乎聽不懂劉老師左右為難的決定，依然面帶微笑地坐下，一副事不關己的模樣，看得一旁的阿偉直呼「傻瓜」！

不過好奇心特重的阿偉，靈光一閃，好像想到什麼？

「阿倫，你為什麼這麼糊塗，把『家』畫成『廟』呢？」

阿偉故意壓低聲音，小聲尋問隔壁鄰居阿倫。

「上帝公（玄天上帝）是我的乾爹，我和乾爹住在一起。」

阿倫微笑地淡淡而說。

「神明是你乾爹，你們住在一起！」

阿偉大惑不解地自言自語。

當時的班長阿偉的確不知道阿倫在說什麼，但後來他才發覺，其實老師所說的「廟」，真的是阿倫所謂的「家」。

阿偉對身旁這位只會微笑，卻傻不溜丟的阿倫，不知為什麼，總是充滿了好奇心。

或許是因為家庭環境的迥異，或許是因為天生智能的懸殊，亦或許是因為上天賜與的緣份。

總之，阿倫像個謎，磁鐵般緊緊吸住阿偉的目光。

放學的鐘聲響起，回家的路隊出發了，阿倫跟隨著長長的隊伍，走在回家的道路上。

夕陽將僅有的熱力灑向大地、草木，以及每個人的臉上，輝映出蘋果般的紅光，也同時將一個騎著捷安特變速腳踏車的小學生身影，拉得好長好長，直到路的盡頭。

這位騎腳踏車的小孩，不是別人，正是想偷偷跟蹤阿倫的班長阿偉。

行進之間，路隊由長長的巨龍，漸漸變成稀疏的小蛇，再變成單獨的小黑點，點綴在夕陽下，跨步在

黃昏裡。

最後，只剩下阿倫孤獨的身影，像倦鳥般投身在夕陽的餘暉裡。

阿偉算算時間，已經過了三十幾分鐘了。

隨著阿倫緩慢步伐的邁動，阿偉的眼前景物也發生急劇變化。

從高樓大道，到社區小徑，再到荒僻鄉野，視野開展到末端，阿偉突然眼光一亮，目瞪口呆——

呈現在阿偉眼前的景象，不就是阿倫圖畫裡的小廟嗎？

這是座落於郊區鄉間的迷你小廟，規模格局，色調光影，早就烙印在阿偉的腦海裡。

而最令阿偉心驚的是，阿倫哪是用畫的，簡直是將真實的廟宇拓印在畫紙上！

阿偉不動聲色，冷眼旁觀，看著阿倫直接走入廟旁小屋。

這是一間看起來頗不牢固的違章建築，與廟身牆壁貼著牆壁，寄生而建，也是跟圖畫上的造型一模一樣。

阿倫走進屋內，放完書包，手上拿著圖畫紙和筆，匆匆走了出來，就趴在廟埕上畫了起來。

一會兒瞇眼，一會兒遙望，一會兒進廟，一會兒出廟，與平日傻里傻氣的樣子迥然不同，反射落日餘暉的眼神光芒，儼然一副專家模樣。

阿偉回想起，劉老師拿到阿倫的圖畫紙，為什麼會那麼髒，還沾有不少細細砂粒，更被同學揶揄是「砂畫」呢！

這下阿偉全明白過來了。

「汪！汪！汪！」

幽靜的小徑，突然衝出一隻來意不善的野狗，嚇得阿偉顧不得形象，騎上腳踏車，像喝醉酒似的落荒而逃……

四、與冠軍擦肩而過

第二天朝會後，從學校行政單位傳來好消息。

教務主任張主任是位熱心的人，看完阿倫的畫作，讚不絕口，十分欣賞他的樸實畫風，決定給他一個參賽機會。

「校內繪畫獎學金設置的目的，正是要拔擢人才，既然五年孝班的陳正倫同學，有這麼優異的表現，站在教育的立場，當然要給他參賽的機會囉！」

教務主任向劉老師表達自己的看法，讓劉老師彷彿看到黎明前的曙光。

「不過為了公平比賽起見，全校統一規定，別的

班級也可以比照五年孝班模式，全部班級增額一員參賽，以示公平。」

教務張主任的補充說明，字字清晰又充滿溫情，劉老師佩服得五體投地，此刻的他，已經興奮像隻枝頭上的雀躍小鳥，想即刻飛回教室的巢。

「英偉、曉菁、正倫，請到老師這邊來。」

迅速回到教室，劉老師迫不及待的將他們三個人喚來跟前。

「下星期一上午，學校舉辦的繪畫比賽正式起跑。今年五年級共有三班，每班派出三個人參賽，共有九名選手角逐前三名。」

「繪畫比賽的題目，由學校當天公佈，評審則由學校特別聘任，具備美勞專長的校內外教師，共同組成評審團，絕對客觀公正。」

「第一名的畫作，將代表本校參加下個月全市的競賽，如果能脫穎而出，還能參加全國大賽，希望你們三個人，從現在起要好好加油，沉著應戰，為班上，為自己，爭取最佳成績。」

劉老師苦口婆心，點點滴滴仔細叮嚀，三個人不斷點頭稱是。

「比賽不限著色用具，舉凡鉛筆、蠟筆、彩色筆、水彩、油畫等等都行，你們可以挑選自己最拿手的用具進行創作。你們想用什麼畫，需要用到什麼畫具，都可以告訴老師喔？」

老師的話一說完，第一道目光掃向班長阿偉身上。

「老師，我拿手水彩畫，我可以自己準備水彩用具參加比賽。」

「嗯，曉菁，那你呢？」

老師對學藝股長曉菁，投以放心的眼神。

「老師，我最近學會了鉛筆素描，我想用它來參加比賽，用具我有完整的一套。」

「嗯，正倫，那你呢？」

當老師目光停在阿倫身上，阿倫還是以招牌的傻笑回應，這反倒讓劉老師不知道如何是好，心想他到底懂不懂自己話語裡的真正含意呢？

「正倫，老師這樣問你好了，你想用什麼東西畫圖？」

老師已經逐漸了解他的個性，與其讓他發表意見，不如讓他選擇答案。

「鉛筆、蠟筆或是水彩？」

「……蠟筆……」

「那你有沒有蠟筆呢？」

「用……用完了……」

「嗯！」

老師對自己問到重點十分滿意。

「那我幫你準備一整套，你只要人到，其他一切事項，老師幫你安排就好了。」

劉老師看著三位學生離去的嬌小背影，不由得陷入片刻的沉思……

英偉與曉菁聰明伶俐，反應又好，這次的繪畫比賽當然沒問題。

至於這位只會傻笑，行為舉止老是令人費解的正倫，到底是天賦異稟的天才？還是智商不足的白痴呢？

不過天才與白痴之間的距離，往往只有一線之隔。

星期一早上是熱鬧非凡的。

由於學校提倡繪畫風氣，連家長也十分重視這次的比賽，來了許多關切子女參賽的家長，把原來寧靜祥和的校園，擠出一團熱鬧，大有聯考規模的架勢。

今年的家長會長，正好是阿偉的父親當選，本來

被推舉出來當評審，由於兒子參賽，為了避嫌，於是交由副會長全權代理。

疼愛孩子的他，依然到學校關心寶貝兒子的狀況，茶水供應無虞，在愛烏及烏的趨力下，連同班的曉菁及阿倫兩位同學，也相對受惠不少。

阿倫得到一罐汽水，吸奶般的用力啜飲，汽水流了滿臉都是，好像半輩子沒喝過似的，一旁強自鎮定的阿偉，實在看不過去，順手遞了張衛生紙給他。

按照阿偉平日驕縱好勝的個性，茶來伸手，飯來張口，大少爺一個，只等著別人侍候他，怎麼會反常地關心起身旁這位邋里邋遢的同學呢？

從過去的排斥、敵視，到現在的接納、關懷，阿偉變了個人似的。

每位參賽的同學，有兩個小時的作畫時間，大家在學校的大禮堂內，揮汗縱筆，在純白的紙面上，幻化出魔術般的色彩。

屋外的家長們議論紛紛，誰家的小孩實力好，誰家的小孩潛能佳，甚至連誰上了哪所繪畫才藝班，都一一如數家珍。

小學校家長們的感情，似乎更濃郁些。

時間像流水，半刻不停留。

結束的鐘聲響了，大家拖著疲累的身軀，緩緩步出比賽禮堂。

所有參賽者的畫作都留在原地，將由校長親自召集各處室主任、組長、專長老師以及家長委員等，以及特聘校外公正專家，成立聯合評審小組，進行嚴格評比，任務是找出全校最優秀的人才。

今年繪畫比賽的主題很簡單，定名為「動物園」，主題性強，很容易發揮；但相反的，想超人一等，也將更難。

參賽的選手想破頭，想出乎評審的意料之外，取得得分的優勢。

這是經常參加比賽的人寶貴的經驗，試想不出色的呈現方式，即使繪畫技巧再高，也不容易得到評審們的青睞！

相反的，一個個評審，像是拿了放大鏡一樣，逐一檢視畫作，也像極了偵探先生，任何蛛絲馬跡，都將逃不過評審們的法眼！

一樣的上課，一樣的放學，匆匆又過了一個星期，繪畫比賽的成績，終於要揭曉了。

星期一的學生朝會，校長西裝筆挺地站立在升旗台前，還有家長會長、副會長，與全校師生共同列席，小校的總人數雖然不多，卻也莊嚴隆重。

在唱完國歌，升完國旗以後，最緊張刺激的比賽名次，即將為大家揭曉了。

首先由校長為大家致辭。

「各位貴賓，各位老師，各位同學大家早，本校一貫秉持『五育並重，美育優先』的教育理念，來推展美學教育，故　校長成立的繪畫基金會，意義深遠，主要的目的是拔擢優秀人才，為美學教育注入新生命，這也是本人近年來一貫堅持的主張。」

「所以每二年都固定舉辦一次全校性繪畫比賽，從籌備，到比賽，再到評審，都有嚴謹的作業流程及公正程序，深受老師及家長們的好評。」

「比賽榮獲第一名的同學，將代表本校參加全市比賽，甚至未來的全國大賽。本校每年透過比賽，拔擢出不少優秀的選手，是本人治校最大的安慰。」

接下來由教務主任為大家勉勵，並宣佈前三名優選名單。

「……現在，即將宣佈各年級的前三名。高年級組競爭尤其激烈，特別是本屆的五年級組，前三名都有令人刮目相看的傑出表現，已經有國中程度的水準了！接下來正式頒發優勝者獎狀。」

「一年級組……」

「二年級組……」

……

「五年級組，今年非常特別，前三名都出現在五年孝班，也都有超水準的表現。」

「第三名經評審們一致裁定，由五年孝班王曉菁同學獲得。」

「至於一、二名嘛，則有些許變動。第一名原本應該頒給五年孝班陳正倫同學，因為他獲得的原始總分最高，不過也同時出現最高的爭議。」

「有評審委員提出，今年參賽的主題是『動物園』，而陳正倫同學唯妙唯肖的畫作，表現出的中心思想，是一隻母豬餵養小豬的溫馨天倫圖，雖同屬動物畫作，卻與主題『動物園』有明顯離題之議！」

「原本要裁定不能入選，但本於創意及選才原則，加上這幅畫已有大人水準，因此最後決定入選為第二名。」

「第一名，則由總分第二高的何英偉同學遞補，我們恭喜他，並請五年孝班這三位優秀同學出列領獎。」

「六年級組……」

站在升旗台上領獎的阿偉，因為是第一名，原本應該威風八方；但領獎對他來講，就如同家常便飯一般，反而表現出一副不在乎的樣子。

至於從來沒有上過司令台的阿倫同學，就顯得十分不自在，臉上的笑容也變僵變硬了。

阿偉心念一閃，突然想到一件事！

「阿倫，要不是你把『動物園』畫錯了，或許就可以得到第一名了，真是可惜！」

阿偉不僅不為自己榮獲第一名而驕傲，反過來為得到第二名的阿倫抱屈。

「『動物園』！什麼是『動物園』？我家的動物只有『母豬和小豬』而已呀！」

阿倫淡淡的回答，卻字字彷彿無情炸彈一樣，一顆顆炸在阿偉高傲的心房！

阿偉頓時腦中一片空白，嗡嗡作響……

「這……這小子，竟然連什麼是『動物園』都不知道，難怪畫不出來！」

阿偉看著與冠軍擦肩而過的阿倫，還是一副傻不溜丟的樣子，內心悵然若失，眼前一片白茫茫……

校長的恭唯話語，父親家長會長的讚美言詞，都讓自尊心超強的阿偉，聽起來反倒像一字字諷刺的利刃，深深刻在心裡。

但阿偉就是阿偉，很快又找回自尊心。

兩個星期以後，代表五年級的阿偉原畫作，代表學校參加市賽，榮獲高雄市評選為第一名。

一個月以後，捷報再度傳來。

代表高雄市參加全國五年級組繪畫比賽的阿偉，採現場作畫，用他生花妙筆般的水彩畫，折服許多裁判的心，獲得全國競賽第二名。

阿偉返校歸來，有一種衣錦還鄉的感覺。受到英雄式的歡迎，馬上成為全校最風雲的人物，也讓他原本受傷的小小心靈，得到完全的撫慰。

他不斷告訴自己，只有全國性裁判的眼光，才是最雪亮的！

不過這些冠冕堂皇的自我安慰話，在阿偉的內心深處，總是藏有些許的不安。

他隱隱約約感覺到，這位什麼都不會，就只會畫圖的怪人阿倫，一定還藏有什麼不為人知的祕密！

五、出現神祕壁畫

「老師，我有看到阿倫在偷拿粉筆。」平日就喜歡打小報告的董建平，今天一大早好像發現大奇案似的，匆忙跑來向正在批改作業的劉老師報告。

「真的嗎？阿倫，你過來。」

劉老師擱下紅筆，抬起頭，叫喚阿倫。

劉老師並不用花太多的時間調查，因為證據就在阿倫手上，一截僅剩下半支不到的紅色粉筆，就握在阿倫充滿污垢的右手指縫間。

班上的小朋友聽說老師要處罰人，顧不得玩，看

熱鬧似地趕緊圍攏過來，擠成菜市場般的喧鬧。

「阿倫，你為什麼要偷拿粉筆呢？這是公物，屬於學校的財產，不是用來玩耍的，知道嗎？」

「……」

阿倫默默無語，傻笑以對。

「老師，我好像看到阿倫還有把粉筆放到書包裡面說。」

「喔！好，阿倫，你把書包拿來給老師檢查一下。」

阿倫緩緩地拿來書包，老師放在桌上打開一看，真是五花八門。

裡面有紅的、黃的、綠的、藍的、白的，一截截躺在阿倫原本就東西不多的書包裡，顯得格外炫麗。

只不過都不是整條的，而是一小截一小截，應該都是用剩的。

「你只要老實告訴老師，老師就不處罰你。你拿粉筆做什麼呢？」

「……」

阿倫傻笑以對。

「老師再問你一次，你拿粉筆做什麼呢？」

老師口氣裡帶有些許嚴厲，相處一陣子以後，已經摸清楚阿倫的脾氣，老師開始對他軟硬兼施。

「法……法圖。」

阿倫以近乎聽不見的聲音回答。

「法圖，你是說『畫圖』，真的嗎？那圖畫在哪裡？老師沒看過你用『粉筆』畫過圖呀！」

老師以質疑的口吻再問其他同學。

「班上有誰看過阿倫用『粉筆』畫畫呢？」

班上同學一面倒，不約而同都搖頭以對。

「你誠實的告訴老師，是不是拿回家玩呢？」

「⋯⋯⋯」

「你再不告訴老師，那老師就要處罰你了，禁止下課，到教室後面『面壁思過』！」

阿倫即使被老師處罰，依然面帶笑容，傻呼呼地露出那顆斷了半截的招牌門牙。

劉老師看完直搖頭，對默不作聲的阿倫，有時候他實在一點辦法也沒有。

「阿倫，你告訴我，我不會告訴別人，你真的用粉筆畫圖嗎？」

阿偉趁人群散去，捱到阿倫身旁，想私下問個明

白，因為他知道，阿倫雖然智商不高，卻不會說謊。

阿倫點了點頭，還是迸出那兩個發音不全的字——「法圖」。

「在哪裡？」

阿偉打蛇隨棍上，再逼問下去。

「牆……牆壁。」

「牆壁！」

接下來不管阿偉用盡各種方法尋問，阿倫都是微笑以對。

阿偉也沒轍，突然心念一動，嘴角泛出微笑……

當放學的鐘聲響起，大家急著排路隊準備回家。阿偉一把將阿倫拉到教室旁邊，一棵枝葉茂密，樹身寬闊的橡膠樹後面。

藉機躲開人群，偷偷塞了一小包東西到阿倫手上，並囑咐他不可以說出去。

阿倫點頭答應，打開一小角，竟然是一包小粉筆頭！

原來阿偉利用掃地時間，負責擦黑板之便，偷偷將原本要丟掉的小粉筆頭藏起來，作為跟阿倫打交道的見面禮。

阿倫渾身發抖，激動得說不出話來。

阿偉知道機會來了，趁機又補問了一句。

「你都在哪裡畫？待會兒我可不可以跟你一起過去看看？」

「可……是，可……是那是晚上，廟……那邊呢？」

「噢，是這樣子喔！好，我知道了，再見。」

「謝……謝，再……見！」

「『晚上』、『廟』、『牆壁』。」

三條關鍵線索，終於被套了出來。

阿偉目送阿倫同學離開，一個人私下盤算，自言自語起來。

不知道為什麼，從上次偷偷跟蹤阿倫回家，差點被野狗咬的那回充滿刺激的經驗開始，就像經歷了一場冒險旅程。

阿偉對阿倫的好奇心，不僅沒有減少，反而與日俱增。

兩個世界兩層天，竟然巧妙地安排在同一間教室，同一個隔壁的座位。

阿偉打定主意，反正附近路況他已經摸熟，又知

道那裡的確有間小型的玄天上帝廟，不如趁著今晚滿月的夜色，再度前往冒險一番。

放學後原本動作都是慢吞吞的阿偉，今天反常的迅速快捷。

寫完功課，吃完幫佣阿桑煮的晚餐，趁著父母親經常很晚才回家的空檔，騎上最親愛的腳踏車，一切準備就緒。

晚上八點多的鄉間，顯得寧靜而安詳。

唧唧的蟲聲，搖曳的樹影，輝映著皎潔的月色，為夜晚帶來一股神祕的氣氛。

今晚雖是滿月，但月色含水，依照本省習俗，恐是天氣變壞的先兆。

月影迷離，映照出一條帶有朦朧味道的羊腸小徑，也是通往阿倫家的祕密捷徑。

阿偉的心，撲撲跳，既緊張，又興奮，就像今晚的夜色，既朦朧，又神祕。

阿偉將腳踏車藏在隱密的竹叢裡。自己躡手躡腳地迂曲迴繞，穿過幾棵高大的苦楝仔樹，緩緩躲到廟牆後面。

他心想，從正門觀察容易被發現，不如走後門安全。

廟的後方樹影婆娑，月光灑在枝葉上，伴隨著徐徐涼風，發出「沙沙」的聲音。

阿偉本來不以為意。

但是他漸漸發覺，當風聲暫息的片刻，竟然還有「沙──沙──」聲，彷彿刻意為風聲伴奏一般。

他立刻伏低身體，刻意佇足，仔細聆聽。

對！沒錯！

他可以肯定，那絕對不是風聲。

而是另一種「人為」的聲響。

阿偉以高大的樹身為遮蔽，藉以隱藏身體。

沿著小路，快步欺近小廟。

在隱祕的小徑末端，霧朦朦的月亮影子裡頭，有一條黑影直挺挺豎立著。

彷彿是黑夜中的小精靈，正在用手裡的東西，奮力往牆壁上塗鴉，因而發出「沙—沙—」的聲音。

那個側面的臉部剪影，自己再熟悉不過了，正是與他同坐的神祕鄰居——阿倫。

阿倫運用雙手，一會兒用力急刷，一會兒用心細描，一會兒覺得不滿意，伸出左手掌，朝牆面使勁

擦拭。

阿偉這下子完全明白過來了。

原來阿倫偷拿粉筆是為了作畫，而左手手掌根部的厚繭，與右手指縫之間，永遠洗不乾淨的細灰粉，都是這樣子來的。

阿偉簡直難以置信。

好奇心大增，再往前走幾步。

突然一大片烏雲蔽月，將大地瞬間染成黑布。

不一會兒，等月光再現，已經來到廟牆正後方的阿偉，卻被牆面的景緻給嚇呆了……

阿倫已經將廟後的整面牆壁，幾乎全部塗滿，是一大幅的壁畫。

遠遠望去，像一位身材魁梧的巨人，將眼前的阿偉，不，應該是阿偉心中的小型畫作，給比下去好遠……好遠……

阿倫發現背後有人，敏捷的動作突然停了下來。緩緩轉頭一看，竟然是呆立一旁，早已經驚訝的合不攏嘴的同學阿偉。

阿倫立刻露出招牌微笑，彷彿跟阿偉打過招呼似的。

頂著月光，順著牆面，旁若無人，又繼續專心作畫。

阿偉心下明白，阿倫不介意他的冒然出現。於是大膽走上前去，想好好端視這幅偉大的巨構。

阿倫的畫作，共可分成三大主題。

最左邊是「學校」的「平面鳥瞰」圖。

他將學校的校舍分布，畫得精細無比，其中點綴碧綠叢叢，花紅片片，環境清幽雅靜。

而另一邊的運動場卻熱鬧非凡，人來人往，與方才的教室相互對比，一靜一動，各有巧思，也各有妙處。

中間以描述「家庭環境」為主題，採「正面平視」的畫法。

這是阿偉再熟悉不過了。

因為上次班上比賽的時候，阿倫所畫的「家」，卻被老師視為「廟」的作品，就跟眼前的作品一模一樣。

從香煙裊裊的廟宇，到簡陋不堪的住家，還有附近蔥鬱的林木，及林中幽靜的小徑，都畫得精細入微。

讓人感覺彷彿置身在畫中，成為圖畫的一部分。

右邊的作品，就與前面兩大主題大不相同。前面兩大主題是「寫景」的，強調神似與否；而右邊的主題是「寫意」的，強調情感的發抒。

場景同樣在廟前的小徑旁邊，停放一部黑色的轎車。

有一位窮兇極惡的男人，用力拉著一位女人的手，好像要扯她上車一般。

而女人一邊掙扎，一邊屢屢回頭，好像在尋找什麼似的。

雨絲灑在這位沒有畫上五官的女人臉上，輝映著當天的陰霾天氣。

秀髮彷彿在她的肩膀上啜泣，美麗的紅色洋裝，也在風中飄逸著，就好像暴風雨中單薄的船帆，隨時有被撕裂翻覆的危險。

沿著女人的視線延伸下去，發覺她不顧一切，回頭注視著一位小嬰兒。

小嬰兒正在地上奮力向前爬行，卻永遠搆不到這個女人的一小片衣角！

阿偉偷偷瞧著正專心作畫的阿倫，在月光的反射

下，晶瑩的淚珠，還成串掛在微笑的臉上，像鑽石般晶瑩閃動……

微笑天使

六、阿倫的身世之謎

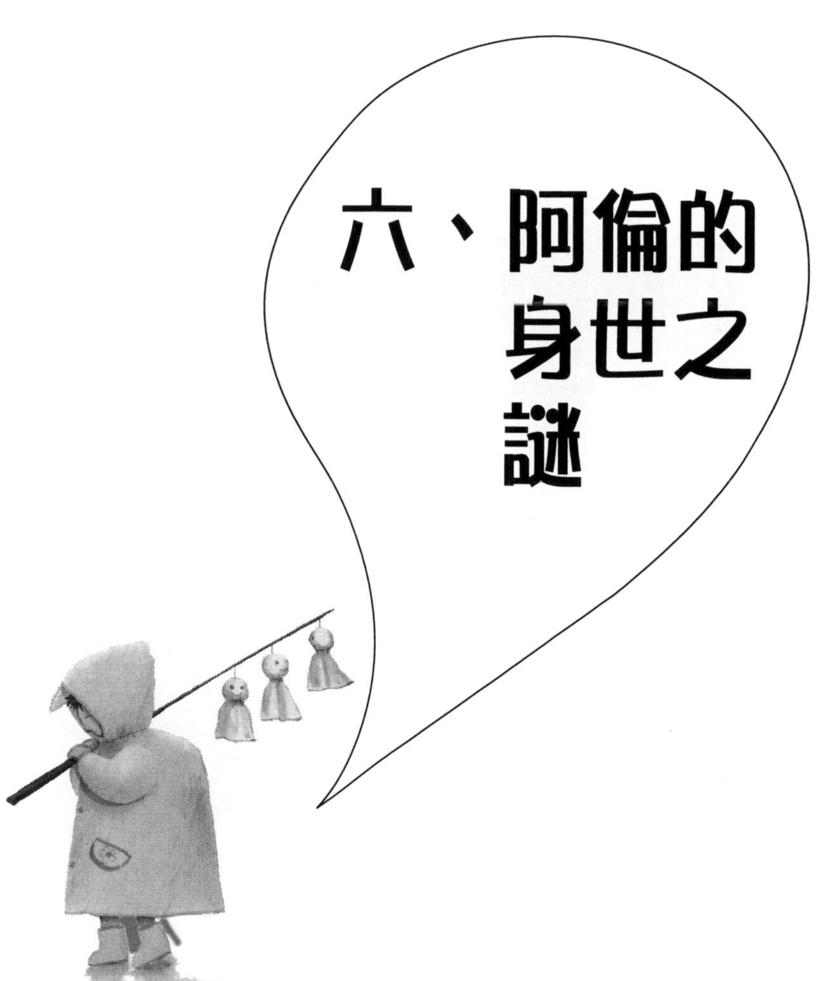

天有不測風雲，人有旦夕禍福。

隔天，好端端的天氣，竟然刮起了強烈颱風。

颱風，對家境富裕的阿偉來說，完全沒有影響；但對生活困頓的阿倫，卻帶來嚴重的一場浩劫。

「老師，阿倫身上發出一股怪味，好臭喔！」

這已經是今天早上第N次小朋友告的狀。

劉老師看著班上的同學，有人閃避，有人摀鼻，有人乾脆戴口罩上課。

劉老師發覺事態嚴重。

「阿倫，你昨天是不是沒有洗澡，我們要先做好身體的清潔，才不容易生病，知道嗎？」

「……」

阿倫微笑地點了點頭，雖然沒有言語，卻好像完全聽得懂老師的話。

「老師，我有看到阿倫吃午餐的時候，只吃了幾口就不吃了，好像全部都包回家呢！」

有人趁機打小報告。

「對，我還看到他下課猛喝水，一副很渴很渴的樣子！」

「好了，阿倫，老師問你，你為什麼中午不吃飯呢？你正在發育階段，偏食是不行的喔！」

「我……我不……餓……」

老師看他這樣子，也不想再逼問下去，忙著身邊的事務，叮嚀兩句就交待過去了。

但，阿偉不相信！

坐在他旁邊的班長阿偉，雖然沒誇張到戴口罩上課，不過阿倫身上的臭味，還有不吃午餐猛喝水的怪現象，又引起阿偉強烈的好奇心。

他打算放學後，再度扮演偵探角色，好好暗中深入調查，發掘真相。

走在回家路上的阿倫，完全不知道背後有人跟蹤。

阿倫步履快捷地埋首前進，令遠遠跟在後頭的阿偉氣喘噓噓，險些跟不上。

還好路熟，這下子阿偉的疑心病更重了。阿倫平日放學回家的動作，都是慢吞吞的，怎麼今天特別反常的快速呢？

阿偉一路跟蹤到廟宇廣場，被眼前的景象嚇了一大跳！

原本應該在廟旁邊，那個阿倫簡陋到不行的家，怎麼整個不見了？

阿倫的家，毀在那一夜颱風的無情肆虐。

屋宇完全傾頹，成為廢墟一片，不堪居住了，全家人好像已經搬到原來房子的後頭。

阿偉躡手躡腳地靠過去，一股濃烈的屎尿味撲鼻而來。

阿偉迅速用手帕遮蔽口鼻。

正遲疑是否應該繼續前行的時候，眼光粗略掃視到前方，一看這哪是房子，根本是個「豬圈」！

原來屋子後頭的豬圈，現在已經被一分為二，一邊養豬，一邊睡人。

睡人這邊的外頭，再用幾片薄木板，稍稍圈起一隅，就成了阿倫的臨時住家。

「跟豬睡在一起！」

難怪阿倫最近身上總是有股難聞的怪味道。

阿倫半走半跑進家門，一邊大喊。

「阿嬤，我回來了。」

阿倫的阿嬤緩緩從床緣坐了起來，雙手向前方無目標地不斷捉取，好像看不見似的，同時聲音顫抖地回答。

「阿孫仔，阿嬤佇這啦。」

阿倫二話不說，捱到阿嬤身邊，小心翼翼地掏出書包裡的便當盒，拿出湯匙，一口一口地餵著年邁的阿嬤。

原來阿倫的阿嬤不只是雙眼瞎了，肚子也已經餓了老半天，躺在床上，就等著阿倫送回來這難得的一餐。

看得遠方的阿偉眼眶泛紅，緊握拳頭。

這些日子已來，阿倫中午不吃飯，並不是偏食，竟然是將飯菜節省下來，帶回家給自己的阿嬤吃。

而猛喝水的原因，實在是肚子太餓太餓了，以水

解飢。

阿偉惡狠狠地捏了一把自己的大腿，身為班長，又是鄰坐，發生此等重大事情，自己竟然渾然不覺。

「倫仔，你也吃一點，阿嬤不餓。」

「阿嬤，倫仔在學校吃飽了，這是帶回來給妳吃的，妳快吃。」

阿倫一邊餵阿嬤，一邊猛吞口水。

等餵完阿嬤，阿倫的肚子已經餓得受不了！

阿倫立刻奔出房子，使勁全身力氣，朝空地上的幫浦用力汲水。

白滭滭的水流湧了出來，阿倫以水洗面，大口大口地吸吮著，不過喝水實在難以解飢，肚子還是餓得發昏。

此刻的阿倫，目光黯淡，臉色蒼白，好像失去魂魄的稻草人一般。

無意識地邁動雙足，朝屋子旁邊一口餵豬的餿水桶，慢慢顛了過去。

雙手一撥，趕走上面成群的蒼蠅，猛然一頭栽進去！

等抬起頭來，在滿嘴的油光泛濫下，露出了難得

一見的滿足笑容……

阿偉遠遠望見這一幕，「哇」的應聲吐了出來！低伏著身體，大口大口喘著氣。雙腳像千萬斤重一般，死死釘在地面上。臉上的淚水，像斷線的珍珠一般，滾燙汩汩而下……

第二天，班長阿偉推說肚子不餓，也將飯菜節省下來，親手打包交給阿倫。

同學們口耳相傳，知道阿倫的孝行以後，也自動自發省下午餐飯菜，讓阿倫滿載而歸，帶回家給瞎眼的老阿嬤吃。

劉老師看到多位同學，到了中午都不吃飯，驚覺事態嚴重。

追問細查之下，才知道實際內情。

劉老師也為阿倫的孝心感動，立刻呈報學校相關單位，請求支援。

學校立刻成立專案小組，馬上展開調查，證明一切屬實，於是發起校內募捐活動。

接著又上呈社會局，引發社會善心人士的一片震驚。

整個事件也上了報紙版面，引起廣泛的注意。

阿倫的孝行經過記者正式披露後，捐款及物資如雪花般湧了過來，差點將阿倫臨時的家徹底淹沒。

但是阿倫的阿公，人老心不老，除了救濟食物與日常用品以外，錢財一概不接受！

班長阿偉對自己的義舉成真，感到相當自豪，無形中對阿倫的好感，也漸漸增加。

他發覺阿倫除了會畫圖以外，還擁有一顆質樸而孝順的心。

阿偉對生活在另一個世界的阿倫，好奇心依然不滅當時。

今天放學，一個人騎上腳踏車，在神祕的地點隱身後，又偷偷觀察阿倫的家好大一會兒。

正想踏上回家的歸途，突然看見一位身穿紅色洋裝，長髮飄逸的女人，在一位年老婦女的陪同下，直直朝阿倫全家暫時居住的豬舍走了過去。

那個女人行色匆匆，好像在緊急尋找什麼似的。

阿偉腦海裡立刻閃過一個奇妙的念頭，突然有種似曾相識的感覺，覺得這個女人雖然沒有見過，卻好面熟！

阿倫瘸腿的阿公正要出門，一眼瞥見這個女人，嘴裡「哼」的一聲，轉頭就走。

這女人追了上去，突然「咚」的一聲，當著老爺爺的面，雙腳跪了下來。

「阿爸，我剛剛從報紙上面看到你們的遭遇，心如刀割，即刻趕回來了！」

「三八女人，跟男人跑了，還有臉回來，快給我滾遠一點！」

「阿爸，請你聽我說，我不是怕吃苦，才跟男人跑的，我是為了這個家，為了阿倫頭殼開刀的醫藥費，才跟他約好，嫁他以後要每個月給我安家費，我每個月不是都有委託阿桂嬸拿錢回來嗎？」

「哼，妳的髒錢，我一毛也不要，就算我們祖孫三人會活活餓死，也不會花掉妳的半毛錢！」

「阿爸，你聽我說，我跟那個男人結婚以後，才發現他是騙我的，不僅不給我錢，還每天打我、罵我，沒多久我就離開他了。」

「活該，這都是老天有眼，妳罪有應得！」

「阿爸，媳婦雖然不孝，但寄來的那些錢，都是我自己用血、用汗，替別人幫佣工作，一點一滴賺來

的，都是乾淨錢，這點阿桂嬸可以替我作證啊！」

老爺爺怒氣未消，橫眼瞪視著阿桂嬸。

阿桂嬸也一邊陪著流淚，一邊猛點頭。

老爺爺已不似方才盛怒了。

「這些日子我也找到了穩定的工作，正想接你們過去，想不到在報紙上面看到你們的遭遇，我的心都碎了。阿爸，原諒媳婦的不孝，讓你們吃了這麼多苦……」

這紅衣女人抱住老爺爺的腳，早已經淚水泛濫了。

「這樣說來，是我誤會妳了。妳起來說話吧，要不是我這不中用的瘸腿，也不會讓妳們母子倆受這麼多苦呀！」

老爺爺說著說著，掄起拳頭，竟然奮力捶打自己的大腿。

「阿爸，你不要這樣啦！」

此時阿倫也扶著雙目失明的阿嬤走了出來。

「憨孫仔，還不快叫阿母！」

「阿……母……」

平日總是笑臉迎人的阿倫，看見這幅景象，也哭成淚人兒了。

阿桂嬸看了眼淚直淌，連呼觀音佛祖保佑，這一家四口終於團圓了。

阿偉眼泛淚光，不忍心再看下去。

正想轉身離去，突然想起眼前這位紅衣女人，不就是阿倫壁畫中的那位長髮紅衣女子嗎？

原來她就是阿倫的親生媽媽。

看來可能在阿倫很小很小的時候，就因為某種原因離他而去，阿倫才會記不起她的樣子，而在畫畫的時候，將臉上的五官留白。

看著可憐的阿倫，身世竟是如此淒涼，阿偉頓時覺得，自己才是全天下最幸福的人。

沒多久，阿倫就搬了家，再也沒有人知道他的下落了！

後來聽說，他搬到媽媽工作的都市去了……

後來也聽說，他生了一場重病死了……

後來還聽說……

七、再見「老朋友」

升上了國中以後，阿偉常常騎著自己的寶貝自行車，流連在昔日的同班同學阿倫家附近，上帝公廟的四周。

熟悉的環境，熟悉的印象，卻缺了熟悉的——人。

阿偉對這裡的一磚一瓦，一草一木，都仔細觀察過，特別是廟旁阿倫曾經住過，已經變成廢墟的家。甚至是颱風過後，全家人暫時居住的豬窩，還有那面，他一輩子也忘不了的壁畫。

而且，自己一聽說阿倫生病死了的消息，不知是真是假，還抱著棉被哭了好幾天！

一位是個性乖僻，全能發展的資優生；一位是逢人只會傻笑，智能不足的障礙生。

二人因為座位緊鄰，二人又因為繪畫興趣相同，命運竟然讓他們牽連在一起！

這天，阿偉也像往常一樣，不知不覺又來到已經蹋了三分之二的壁畫牆邊，僅剩下未完成的右半角，那紅衣女人顯目的空白臉。

突然從阿偉的眼睛放出異樣的光芒……

這面大壁畫的一角，沒有五官的長髮紅衣女子，竟然出現了娟秀的臉龐！

陌生的壞男人，也像被施了魔法一般，完全消失不見了。

更令人驚奇的是，原本在地上爬行的小嬰兒，也長大站了起來，拉著母親的手，一起踩著幸福的腳步……

阿偉沉迷在這夢一般的景緻，驚覺是不是最近因為讀書熬夜過了頭，想回回神，用力捏一捏自己的大腿。

「哇～」好痛！

這果然不是夢。

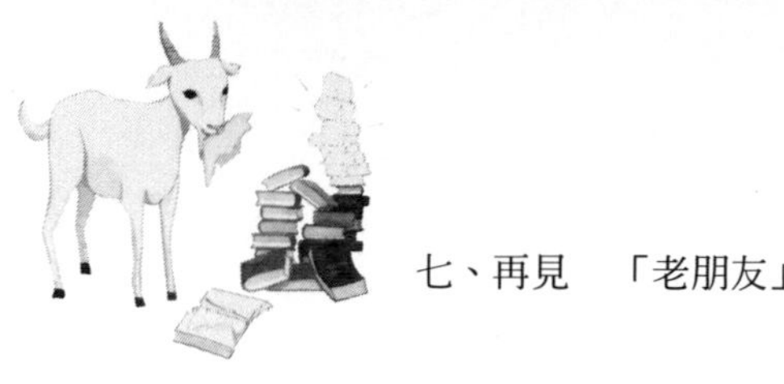

正驚訝不已的時候，突然聽到異樣聲音，尋聲側頭一看……

一位高高瘦瘦，皮膚黝黑的少年，手裡拿著一小截粉筆，臉上綻放陽光般笑靨，正對著他傻笑。

沒錯，這正是他一輩子也忘不了的微笑。

看著阿倫的招牌微笑，平日酷酷又冷冷，總是繃著一張臉的阿偉，終於在無形中受到深深的感染，回以淡淡的，淺淺的微笑。

這充滿生命力的互動微笑，就像天使一樣純潔，
像陽光一樣燦爛……

少年文學37　PG1650

微笑天使
——兩位小男孩的生命火花

作者／廖文毅
責任編輯／陳倚峰
圖文排版／杜心怡
封面設計／王嵩賀
出版策劃／秀威少年
製作發行／秀威資訊科技股份有限公司
114 台北市內湖區瑞光路76巷65號1樓
電話：+886-2-2796-3638
傳真：+886-2-2796-1377
服務信箱：service@showwe.com.tw
http://www.showwe.com.tw

郵政劃撥／19563868
戶名：秀威資訊科技股份有限公司
展售門市／國家書店【松江門市】
104 台北市中山區松江路209號1樓
電話：+886-2-2518-0207
傳真：+886-2-2518-0778

網路訂購／秀威網路書店：http://www.bodbooks.com.tw
國家網路書店：http://www.govbooks.com.tw
法律顧問／毛國樑　律師

總經銷／聯寶國際文化事業有限公司
221新北市汐止區康寧街169巷27號8樓
電話：+886-2-2695-4083
傳真：+886-2-2695-4087

出版日期／2016年9月　BOD一版　**定價**／200元
ISBN／978-986-5731-59-5

秀威少年
SHOWWE YOUNG

國家圖書館出版品預行編目

微笑天使：兩位小男孩的生命火花 / 廖文毅著.
-- 一版. -- 臺北市 : 秀威少年, 2016.09
面； 公分. -- (少年文學)
BOD版
ISBN 978-986-5731-59-5(平裝)

859.6　　　　105012649

讀者回函卡

感謝您購買本書，為提升服務品質，請填妥以下資料，將讀者回函卡直接寄回或傳真本公司，收到您的寶貴意見後，我們會收藏記錄及檢討，謝謝！如您需要了解本公司最新出版書目、購書優惠或企劃活動，歡迎您上網查詢或下載相關資料：http:// www.showwe.com.tw

您購買的書名：____________________

出生日期：________年________月________日

學歷：□高中（含）以下　□大專　□研究所（含）以上

職業：□製造業　□金融業　□資訊業　□軍警　□傳播業　□自由業

□服務業　□公務員　□教職　□學生　□家管　□其它_____

購書地點：□網路書店　□實體書店　□書展　□郵購　□贈閱　□其他

您從何得知本書的消息？

□網路書店　□實體書店　□網路搜尋　□電子報　□書訊　□雜誌

□傳播媒體　□親友推薦　□網站推薦　□部落格　□其他__________

您對本書的評價：（請填代號　1.非常滿意　2.滿意　3.尚可　4.再改進）

封面設計____　版面編排____　內容____　文／譯筆____　價格____

讀完書後您覺得：

□很有收穫　□有收穫　□收穫不多　□沒收穫

對我們的建議：____________________

____

____

____

請貼
郵票

11466
台北市內湖區瑞光路 76 巷 65 號 1 樓
秀威資訊科技股份有限公司 收
BOD 數位出版事業部

....

（請沿線對折寄回，謝謝！）

姓　名：____________　年齡：______　性別：□女　□男

郵遞區號：□□□□□

地　址：________________________

聯絡電話：(日) ____________ (夜) ____________

E-mail：________________________